ANDERE PRENTENBOEKEN VAN MAX VELTHUIJS

Kikker is verliefd
Kikker en het vogeltje
Kikker en de vreemdeling
Kikker is bang
Kikker is een held
Kikker is Kikker
Kikker en de horizon
Kikker en een heel bijzondere dag
Kikker vindt een vriendje
Kikker vindt een schat
Kikker is bedroefd
Kikker in de wind (schetsboek)
Het abc van Kikker
Mijn Kikker babyboek
Trompet voor Olifant / Olifant en de tijdmachine
Krokodil en het meesterwerk
De gevaarlijke reis
Het rode kippetje (omnibus)

KIKKER & VRIENDJES

Kikker en de sneeuwman / Kikker speelt verstoppertje
Kikker en het slaapfeest / Kikker is ongeduldig / Kikker en de warme dag / Kikker en het Nieuwjaar
Kikker en de stoelendans / Kikker en het water (zomer 2009)

Bekroond met het Gouden Penseel en een Zilveren Griffel 1993.
Max Velthuijs ontving in 2004 de Hans Christian Andersen Prijs voor Illustratoren.
Zijn boeken werden bekroond met een Gouden en twee Zilveren Griffels,
vier Gouden en een Zilveren Penseel en de E. du Perronprijs.

Eenentwintigste druk 2010

Voor Nederland: Uitgeverij Leopold bv, Amsterdam
In Engeland verschenen onder de titel *Frog in winter* bij Andersen Press Ltd., Londen
Lithografie Photolitho AG Offsetreproduktionen, Gossau, Zürich, Zwitserland
Gedrukt door Proost NV, Turnhout, België
NUR 273 / ISBN 978 90 258 4757 9

www.leopold.nl / www.frogandfriends.com

Max Velthuijs

Kikker in de kou

Leopold / Amsterdam

Op een ochtend toen Kikker wakker werd, merkte hij meteen dat er iets veranderd was in de wereld.

Hij sprong uit bed en liep naar het raam.
Tot zijn verwondering zag hij dat alles wit was.

Verbaasd rende hij naar buiten. Er lag overal sneeuw!
Het was erg glad en voor hij het wist, gleed hij van de oever naar beneden...

… zo het water in. Maar het water was bevroren en daar lag Kikker op het harde koude ijs.
Hoe moet ik me nou wassen als er geen water meer is? dacht hij geschrokken.

Bibberend van de kou zat Kikker op de oever. Daar kwam Eend aanschaatsen.
'Hallo Kikker,' riep ze vrolijk. 'Lekker weertje vandaag!

Ga je mee schaatsen?' 'Nee,' zei Kikker somber, 'ik heb 't koud.'
'Maar schaatsen is gezond,' zei Eend. 'Kom mee. Ik zal het je leren.'

En ze bond Kikker haar schaatsen onder.
Ze gaf hem een zetje en daar gleed Kikker over het ijs.
Maar het duurde niet lang of hij ging onderuit.

Toen Eend vroeg of hij het leuk vond, zei Kikker: ‘Nee, ik heb ’t koud. Jij hebt een warm verenpak aan, ik ben maar een naakte kikker.’

‘Je hebt gelijk,’ zei Eend. ‘Je mag mijn warme wollen sjaal wel houden.’

Daar liep Varkentje met een mand vol hout voor de kachel.
'Heb jij het ook koud?' vroeg Kikker.
'Koud?' zei Varkentje. 'Welnee, ik houd juist van die frisse, gezonde winterlucht. Winter is het fijnste wat er is.'

‘Ja,’ zei Kikker treurig, ‘maar jij hebt een dikke speklaag en wat heb ik?’
Arme Kikker, dacht Varkentje. Kon ik hem maar helpen.
Een warme trui, dat is wat hij nodig heeft.

Een twee, een twee, daar kwam Haas aangerend.
Hij was aan het joggen in de sneeuw.
'Hoi,' riep hij vrolijk, 'sport is gezond!

Doe mee, Kikkertje, beweging is goed voor je.'
'Nee,' zei Kikker, 'ik heb 't koud.
Jij hebt een lekkere warme vacht, maar ik...'
Bedroefd ging hij naar huis.

De volgende dag kwamen zijn vrienden hem halen.
Ze gingen sneeuwballen gooien. Wat hadden ze een plezier!

Maar Kikker had het koud en kon hun vreugde niet delen.
Ik ben maar een arme naakte kikker, dacht hij en hij strompelde treurig weg.

Dagenlang zat hij bij de kachel en kwam de deur niet uit.
Dromend van voorjaar en zon stookte hij de kachel op
tot het laatste stukje hout was gebruikt.
Langzaam doofde het vuur. Het werd kouder en kouder.

Toen moest Kikker wel naar buiten om hout te zoeken.
Maar alles lag dik onder de sneeuw en er was niets meer te vinden.

Dikke sneeuwvlokken dwarrelden uit de grauwe hemel.
Hij liep en liep, tot hij de weg kwijt was.
Alles om hem heen was wit.
Uitgeput viel hij languit in de sneeuw.
Een zielige, naakte kikker.

Gelukkig vonden zijn vrienden hem nog net op tijd.
Blauw van de kou, bijna doodgevroren.
'Ik heb 't koud,' mompelde Kikker.
'Kop op,' zei Haas, 'alles komt goed.'
En voorzichtig droegen ze hem naar huis en stopten hem in bed.

Haas haalde vlug hout en stookte de kachel flink op.
Varkentje kookte een lekker soepje voor Kikker
en Eend sprak hem moed in.

’s Avonds las Haas verhalen voor over een mooie dag in mei.
En terwijl ze aandachtig luisterden, breide Varkentje een warme trui voor Kikker.
Zo werd Kikker verwend door zijn vrienden.
Wat is de winter toch heerlijk als je lekker in je bed ligt! dacht Kikker.

Eindelijk kwam de dag dat Kikker weer sterk genoeg was om naar buiten te gaan.
Zonder hazenvacht, zonder speklaagje en zonder veren, maar met zijn nieuwe trui aan, deed hij de eerste stappen in de sneeuw.
'En?' vroeg Haas nieuwsgierig.
'Fijn,' zei Kikker dapper. Maar koud was het wel.

Zo liep een lange winter ten einde.
Op een ochtend werd Kikker wakker en hij merkte meteen dat er iets veranderd was.
Een gouden licht stroomde de kamer binnen.
Blij sprong hij uit zijn bed en hij rende naar buiten.

De wereld om hem heen was helder groen en de zon stond stralend aan de hemel.
'Hoera,' riep hij. 'Wat is het fijn om een kikker te zijn en de zon te voelen
op je blote kikkervel.'

Haas keek tevreden toe en zei: 'Wat zou de wereld zijn zonder Kikker?'
'Niks,' zei Varkentje.
'Helemaal niks,' zei Eend.